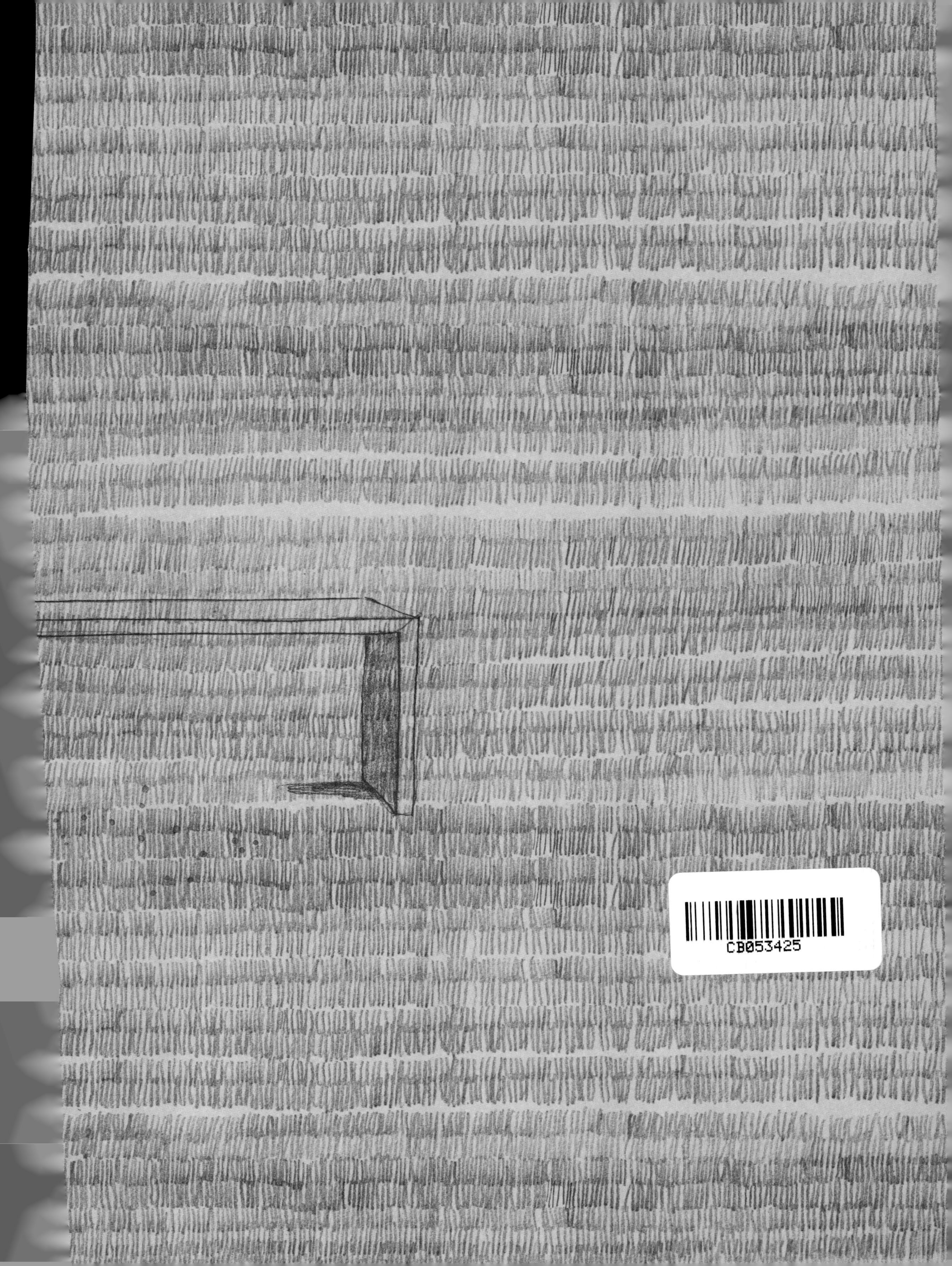
CB053425

TÍTULO ....

ARTISTA ....

....

ANO ....

5

20

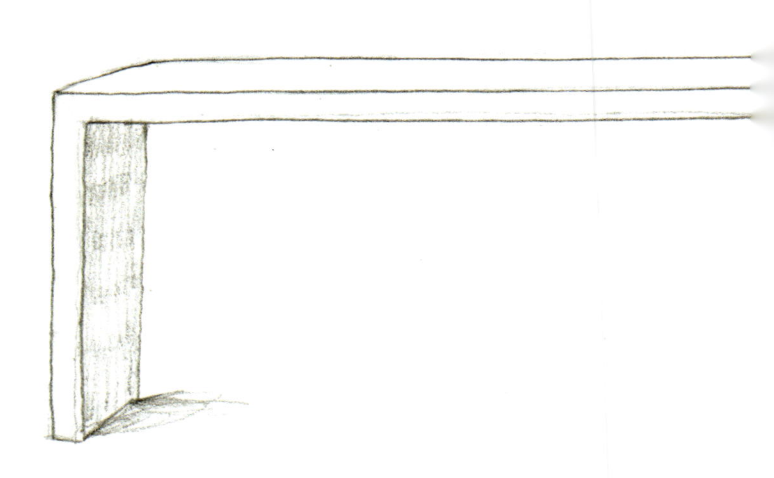

o quadro

Maria Isabel Sánchez Vegara
Ilustrações de Albert Arrayás

Tradução de Marcia Alves

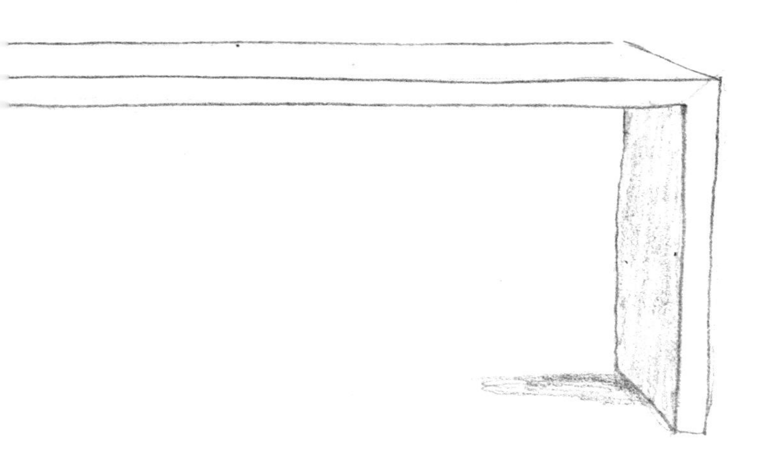

EDITORA

VIGILANTE

Aquele quadro era maravilhoso, espetacular, magnífico... A joia do museu!

Quando a diretora do museu recebia
algum convidado importante,
sempre o levava para vê-lo.

E explicava como aquele
quadro tinha mudado a
história da arte moderna.

Críticos do mundo inteiro viajavam milhares de quilômetros para observá-lo de perto.
– Tem a maestria de Rembrandt – diziam alguns enquanto tocavam o queixo.
– E a personalidade de Picasso – respondiam outros, entrecerrando os olhos.

Os restauradores do museu pensavam que, se um dia tivessem que corrigir alguma imperfeição naquela obra-prima, teriam que fazê-lo com muitíssimo cuidado para não estragar suas cores maravilhosas.

E os estudantes de arte passavam horas desenhando em seus cadernos, tentando imitar as formas que mais lhes chamavam a atenção.

Eram as crianças que diziam as coisas mais fascinantes sobre aquele quadro. Para elas, assim como para o pintor, não importava o que os mais velhos pensavam. Elas deixavam a imaginação voar muito, muito longe.

– É uma girafa extraterrestre – dizia uma.
– Como um mar feito de pizza – respondia outra.

No aniversário do artista, uma nuvem de jornalistas apareceu no museu. Eles faziam perguntas a um *expert* sobre a técnica utilizada para pintar aquela joia única.

Eram lápis de cores? Uma mistura de marcadores, carbono e aquarela? Ou quem sabe uma colagem feita com papel de procedência desconhecida?

Os guias do museu também convidavam
os visitantes a fazer perguntas sobre
o sentido daquele quadro.

A quem estava dedicado? Como se
sentia o artista no dia em que o pintou?
O que queria dizer exatamente?

Mas não era fácil responder
a todas essas perguntas.
Pelo contrário.

Talvez fossem perguntas com muitas respostas
possíveis. Ou quem sabe fossem perguntas
que somente uma pessoa podia responder:
o artista.

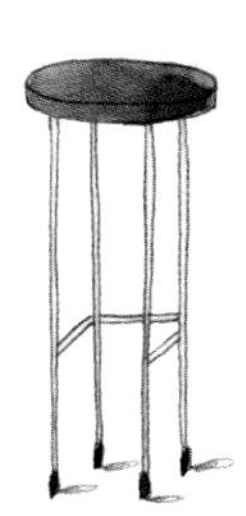

Ou seja: você.

TÍTULO ORIGINAL *El cuadro*

Publicado originalmente por Alba Editorial, s.l.u.
Direitos de tradução intermediados por IMC Agència Literària, SL.

GERENTE EDITORIAL Marco Garcia
EDIÇÃO Fabrício Valério
REVISÃO Natália Chagas Máximo
CAPA E DESIGN Antonio Prado
DIAGRAMAÇÃO Pamella Destefi

Dados Internacionais de Catalogação na Publicação (CIP)
(Câmara Brasileira do Livro, SP, Brasil)

Vegara, Maria Isabel Sánchez
O quadro / Maria Isabel Sánchez Vegara; ilustrado por Albert Arrayás; tradução de Marcia Alves. – São Paulo: VR Editora, 2020.

Título original: El cuadro.
ISBN 978-85-507-0310-7

1. Literatura infantil 2. Literatura infantojuvenil 3. Livros ilustrados I. Arrayás, Albert. II. Título.

20-32596 CDD-028.5

Índices para catálogo sistemático:
1. Literatura infantil 028.5
2. Literatura infantojuvenil 028.5
Iolanda Rodrigues Biode – Bibliotecária – CRB-8/10014

VR EDITORA S.A.
Rua Cel. Lisboa, 989 | Vila Mariana
CEP 04020-041 | São Paulo | SP
Tel.| Fax: (+55 11) 4612-2866
vreditoras.com.br | editoras@vreditoras.com.br

SUA OPINIÃO É MUITO IMPORTANTE

Mande um e-mail para **opiniao@vreditoras.com.br** com o título deste livro no campo "Assunto".

1ª edição, mar. 2020
FONTES VAG Rounded Std Light 15/20pt
PAPEL Couché Fosco 150 g/m²
IMPRESSÃO Gráfica Santa Marta
LOTE SM339657

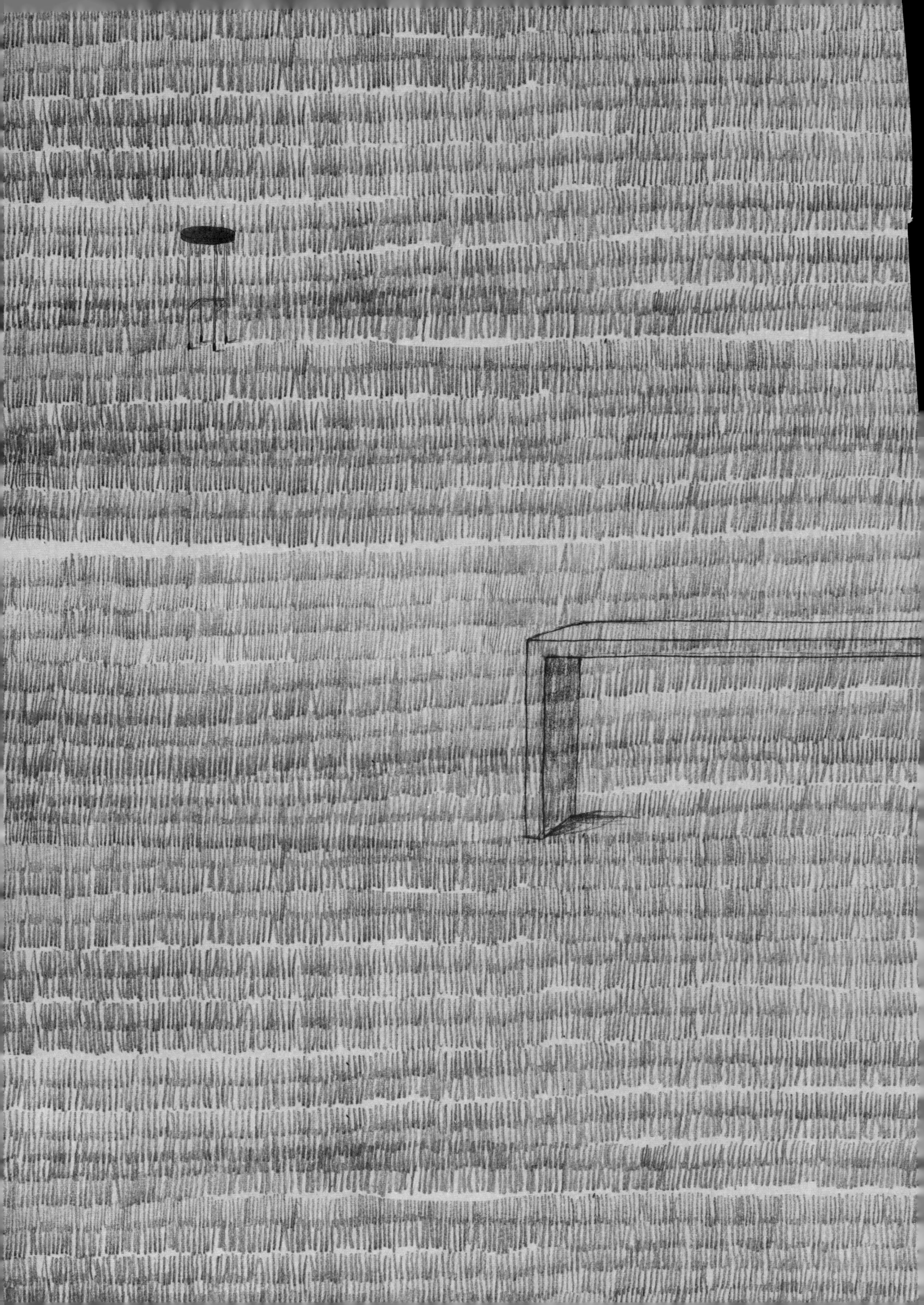